N. Charpy, secretaire de m. Cinqmars.

Ode à m. de Cinqmars, grand Escuyer
de france. 1637. =

ODE

A MONSEIGNEVR
DE CINQMARS,
GRAND ESCVYER
DE FRANCE.

Par N. Charpy, Secretaire de Monditseigneur.

A PARIS,

Chez la Veuve Iean Camvsat, ruë Sainct Iacques,
à la Toison d'Or.

M. DC. XXXXI.
AVEC PRIVILEGE DV ROY.

A MONSEIGNEVR,

MONSEIGNEVR

LE GRAND.

ODE.

QVE ie suis balancé de diuers sentimens,
Mon ame en mesme temps attainte
De reconnoissance & de crainte
Suspand sa volonté parmy ces mouuemens;
Que si pour rompre mon silance
Ie veux me faire violance
Ie ne sçay par où commencer:
Dieux? que i'ay peur de te déplaire,
I'offence ta vertu lors que ie veux me taire,
Et si i'en veux parler ie crains de t'offencer:

A ij

CIN**Q**MARS dont le merite au deſſus du pouuoir
    Ne trouue rien de comparable,
    Reçois d'vn accueil fauorable
Ce genereux effort d'amour & de deuoir:
Mes deſſeins deſormais voüez à ta memoire
    N'auront autre but que ta gloire,
    Et ſi tu veux les aduoüer
    Ie te rendray dans ces loüanges
La honte des voiſins & des peuples eſtranges,
Qui n'auront rien chez eux qu'on doiue ainſi loüer.

    Cher & diuin objet des plus charmans eſpris,
    Ie veux tracer vne peinture
    Où l'artifice & la nature
Ioindront en ta faueur tout ce qu'ils ont de pris:
Là tu rencontreras vne ſeconde vie,
    Qui malgré le temps & l'enuie
    Sauuera ton nom du treſpas;
    Et chacun dira pour ta gloire,
Que ſous les ornemens d'vne ſi belle hiſtoire,
La vertu doit mourir, ou tu ne mourras pas.

Ie n'emprunteray point des exploits glorieux
 Des Heros de ton parantage,
 Ce vain & superbe auantage
Qu'vn chacun aujourd'huy tire de ses ayeux:
On discourt autrement des hommes de ta sorte,
 Il ne faut point de vertu morte
 Pour releuer tes qualitez,
 Pour toy leur gloire est trop petite,
Et tu n'augmentes pas l'esclat de ton merite
Des titres qu'ils ont eûs & qu'ils ont meritez.

Qui pourroit ignorer comme ils ont autresfois,
 Dans le debris de nos affaires
 Donné les conseils necessaires
Pour maintenir l'Estat & l'honneur de nos Rois?
Qui ne sçait que pendant leur heureuse conduite
 Nos malheurs auoient pris la fuite?
 Qu'on voyoit regner les vertus;
 Et que par l'art de leur science
Tout le monde admiroit pour le bien de la France,
Auec nos ennemis les vices abatus.

A iij

Qui ne sçait ? que celuy dont tu receus le jour,
　　Auec des graces nompareilles,
　　A fait éclater les merueilles
Iusqu'où peuuent aller le courage & l'amour :
Ces monts audacieux dont les testes cornuës
　　S'esleuent au dessus des nuës,
　　Ont courbé deuant ce guerrier ;
　　Et dessus ces roches desertes,
De neige, de frimats, & de glace couuertes,
Il a trouué des champs de palme & de laurier.

N'a-t-on pas veu marcher la mort & la terreur ?
　　Du mesme pas que son armée,
　　Et le bruit de sa renommée
N'a-t-il pas mis la crainte au sein d'vn Empereur ?
Son bras a dissipé les forces d'Allemagne,
　　Le contre-coup dedans l'Espagne
　　A mis le conseil aux abois,
　　Et s'il n'eust point quitté la terre
Parmy les prisonniers qu'il eust faits dans la guerre,
Il auroit pû compter des Princes & des Rois.

Mais de tant d'actions de gloire & de valeur,
   Ie n'ose parler qu'auec honte,
   Puisque ta vertu les surmonte,
Et que son moindre éclat est au dessus du leur :
Que si tu nous fais voir au printemps de ton âge,
   Tant d'esprit & tant de courage,
   Quel seras-tu dans l'auenir?
   Et iusqu'où va nostre esperance,
Si pour nostre bonheur ta fortune commence
Par où les plus heureux ont tâché de finir :

On dit que la fortune est vne Deïté
   Qui meine du throne en l'abysme,
   Et qui fait seruir de victime
Ceux qu'elle a fait monter d'vn vol precipité ;
Que ses embrassemens pareils à ceux du lierre
   Portent en peu de temps par terre
   Tout ce qu'ils semblent caresser,
   Et qu'elle ne charge sa rouë
Des hommes qu'elle trompe & dont elle se iouë,
Que pour les éleuer & pour les renuerser.

On le dit, il eſt vray, mais pour ceux ſeulement
    Qu'elle emporte ſans les conneſtre,
    Et qui ne doiuent tout leur eſtre
Qu'à la fatalité de ſon aueuglement;
Il n'en eſt pas ainſi de ces ames bien nées,
    A qui le nombre des années
    Ne peut ajoûter de beauté,
    Et dont l'éclat & l'innocence
Se trouuent en eſtat au poinct de leur naiſſance,
De meſurer leur cours auec l'eternité.

C'eſt pour ces beaux objets qu'elle oſte ſon bandeau,
    Et que par vn excés de grace,
    Auſſi-toſt qu'elle les embraſſe
Elle verſe en leurs mains ce qu'elle a de plus beau:
C'eſt là que ſa ſplendeur ſe fait voir toute entiere,
    Qu'elle brille d'vne lumiere
    Qui decouure tout à ſes yeux;
    C'eſt pour eux qu'elle eſt clairuoyante,
Et c'eſt eux ſeulement que d'vne main puiſſante
Elle n'éleue point que pour les mettre aux Cieux.

                    C'eſt

C'est ainsi que pour toy d'vne diuine ardeur
    Elle a prodigué ses caresses,
    Et qu'elle n'a point de richesses
Dont elle n'ayt tâché d'embellir ta grandeur :
Mais c'est en vain CINQ MARS, c'est en vain qu'elle t'aime,
    Puisque tu vaux plus par toy-mesme
    Que tout ce qu'elle a fait pour toy,
    Et que ta vertu non commune
Ne pouuoit euiter vne haute fortune,
Où le Ciel eust esté moins Iuste que le Roy.

    Lors que tu commanças de respirer le jour,
    Nos plaisirs semblerent renaistre,
    Et tu nous fis assez connoistre
Que tu serois bien-tost l'ornement de la Cour :
ARMAND de qui l'esprit conduit nos auantures,
    Qui connoist les choses futures,
    Et dont le pouuoir & l'appuy
    Nous produisent tant de miracles,
Vid ce que tu serois, & rendit ses Oracles,
Sur le rang glorieux que tu tiens aujourd'huy.
                      B

Dés lors on' obſerua toutes tes actions,
    Les deſirs & les eſperances
    Se changerent en aſſurances,
Sur ce qu'il auoit dit de tes perfections :
Le Ciel t'auoit choiſi pour ſon plus bel ouurage,
    On vid paroiſtre en ton viſage
    Tout ce qu'on pouuoit admirer,
    Et les eſprits les plus barbares,
Par des commancemens ſi parfaits & ſi rares,
Se laiſſerent toucher iuſques à t'adorer.

La nature pour toy fit ſes derniers efforts,
    Tu receus ſans inquietude,
    Tout ce qu'on acquiert par eſtude
Pour la perfection de l'eſprit & du corps :
Ta grace & tes regards allumerent des flâmes
    Dans les cœurs des plus chaſtes Dames,
    Et ſi quelques audacieux
    Voulurent tenter ton courage,
Ils ſçeurent qu'on ne peut ſouſtenir ſans dommage,
Ny les coups de ton bras, ny les traits de tes yeux.

Tant de charmes diuers qu'on ne peut exprimer,
   T'auoient acquis vn tel empire,
   Que sans te flater i'ose dire,
Qu'on ne pouuoit te voir sans te craindre ou t'aymer
Dans ce pompeux Estat, quoy qu'on dit pour te plaire,
   Tu sçauois bien que le vulgaire
   Est toujours injuste ou flateur,
   Et tu crus que ta renommée
Passeroit comme vn vent & comme vne fumée,
Si tu n'auois vn Roy pour ton admirateur.

  Ainsi que le Soleil d'vn visage riant
   Chasse la nuit auec ses voiles,
   Et semble esteindre les Estoiles
Aussi-tost qu'il paroist aux portes d'Orient :
On a veu ton merite & l'excés de ta gloire,
   Ternir ou perdre la memoire
   De tous ceux qui t'ont deuancez,
   Et par l'éclat de ta lumiere
Ils ont perdu celuy de leur beauté premiere,
Et prés de ta hauteur ils se sont abaissez.

Ton Prince auſſi puiſſant que Iuſte & genereux
A trouué dans toy tant de charmes
Pour ſa Cour & parmy ſes armes,
Qu'il n'ayme ſon pouuoir que pour te rendre heureux:
Dans cette paſſion ſi forte & raiſonnable,
Il ne voit rien de plus aymable
Pour captiuer ſa volonté;
Il admire tes aduantages;
Et lit dedans nos cœurs & deſſus nos viſages,
Qu'il t'ayme par iuſtice autant que par bonté.

Ioüis donc à iamais de cét inſigne honneur,
Et que d'vne main liberale
Ce Prince en ta faueur eſtale
Ce qui peut ſouſtenir ton luſtre & ton bonheur:
Mais peut-il augmenter la faueur qu'il t'a faite?
N'és-tu pas tel qu'on te ſouhaite,
Pour toy ſes treſors ſont ouuers,
Et rien ne peut troubler ta vie,
Puiſque pour t'eleuer au deſſus de l'enuie,
Il t'a donné ſon cœur plus grand que l'Vniuers.

Mais pour ce haut sujet, CINQMARS ie reconnois
 Que ie n'ay pas assez de veine,
 Et que malgré toute ma peine
Ie fais ce que ie puis & non ce que ie dois :
Il est temps de finir, mon ardeur t'importune ;
 Mais souuiens-toy que ta fortune
 Te met au dessus des humains,
 Et que dans ce bonheur extréme
Tu combas auec Dieu pour auoir ce qu'il ayme,
Et partager vn cœur qu'il tient dedans ses mains.

N. CHAR...

F I N.

www.ingramcontent.com/pod-product-compliance
Lightning Source LLC
Chambersburg PA
CBHW001414170020
46811CB00005B/1991